KB243819

# 꿈을 100만 번 이루는 방법

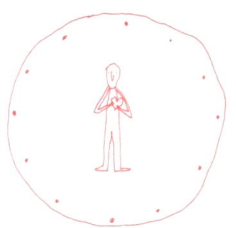

# 꿈을 100만 번

Dreams come true one million times

# 이루는 방법

마츠자키 요시유키 지음 | 황정순 옮김

새론북스

# 꿈을 100만 번 이루는 방법

아주 작은 꿈을 이루는 것이나 아주 큰 꿈을 이루는 것이나, 둘의 방법은 크게 다르지 않습니다. 작은 꿈을 이루는 방법을 알게 되면 반드시 큰 꿈도 이루어집니다.

꿈이 한 번 실현될 때마다 다음 꿈과의 연결은 더욱 확고해집니다.

즉, 작은 꿈일지라도 한 번 실현시키는 방법을 알고 나면, 꼬리에 꼬리를 물듯 수많은 꿈들이 이루어져 결국에는 아주 커다란 꿈을 이루게 됩니다.

큰 꿈이 이루어졌을 때 지난 시간을 한번 뒤돌아보면, 수많은 작은 꿈들이 은하수의 별가루처럼 빛을 발하고 있겠지요.

저는 이 책에서 꿈이 실현되는 방법을 체험을 바탕으로 소개할 것입니다. 그 이유는 그것들이 아주 특별한 비법을 필요로 하는 것들이 아니기에, 반드시 당신도 고개를 끄덕이리라 믿기 때문입니다.

많은 사람들은 꿈 그 자체를 막연하다는 이유만으로 쉽게 포기하고 맙니다. 이루어지지 않는 것이기에 꿈이라는 단어를 쓴다며 강하게 부정하는 사람들도 있습니다. 그것은 너무도 슬픈 일입니다.

단 한 번뿐인 인생입니다. 이제부터라도 꿈을 이루면서 사는 멋진 인생이 되도록 설계하면 어떨까요?

만약, 지금 꿈을 잃어버렸더라도 괜찮습니다. 당신이 느끼지 못하고 있을 뿐, 꿈은 어딘가에 반드시 존재하기 때문입니다.

꿈을 이루어가는 삶을 시작한 그 순간, 지금까지와는 다른
무엇인가가 분명 당신을 흠뻑 적셔줄 것입니다.


마츠자키 요시유키

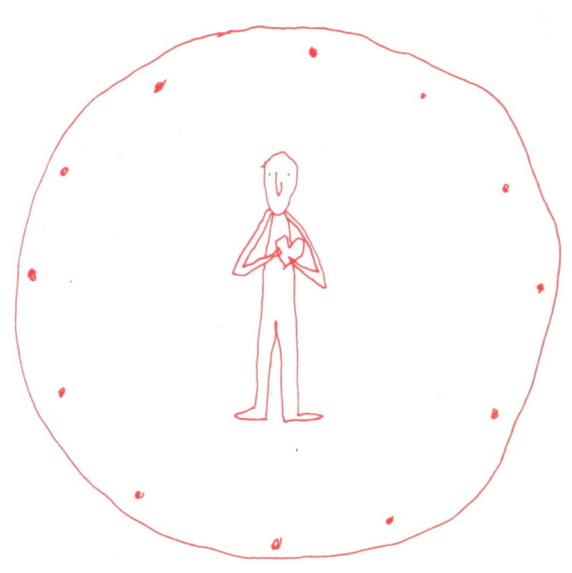

수많은 작은 꿈들이 이루어져
결국에는 아주 큰 꿈을 이룹니다.

# c · o · n · t · e · n · t · s

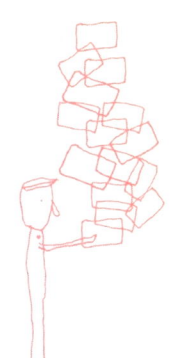

# c • o • n • t • e • n • t • s

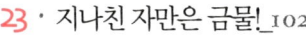

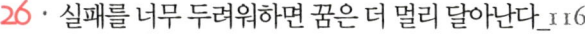

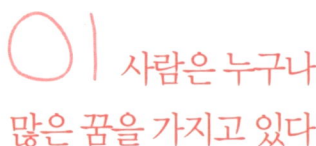

# 01 사람은 누구나
## 많은 꿈을 가지고 있다

"꿈이 없어도 살아갈 수 있다.

내게 꿈이라는 것은 존재하지도 않고 필요하지도 않다."

혹시, 이런 사람도 있을지 모르겠습니다.

그렇지만 정말로 그럴까요?

저는 그렇게 생각하지 않습니다. 만약 당신이 스스로에게

'내 꿈이 무엇이었지?'라는 물음을 던질지라도,

"꿈이 없다"라는 말은 적당하지 않습니다. 왜냐하면 당신이 지금 이 순간 느끼지 못하거나 아주 잠깐 망각한 것일 뿐, 꿈이라는 것은 사람이 살아가면서 꼭 필요한 인생의 가치이기 때문입니다.

꿈이 하나밖에 없다면 인생이 얼마나 허전할까요.

꿈은 목걸이와 닮았습니다. 한 알의 구슬만으로는 목걸이가 될 수 없는 것처럼 꿈도 마찬가지입니다.

저 역시 아주 잠깐이지만 꿈을 잊고 지내던 시기가 있었습니다. 제가 열다섯 살 때 출판한 책이 있는데, 처음 쓴 글이라 창피하다는 이유로 어른이 된 이후로는 단 한 번도 남에게 보여준 적이 없습니다.

그러던 어느 날, 그 책을 꼭 읽어보고 싶다는 사람과 만나게 되었습니다. 덕분에 저는 그 책과 다시 한 번 진지하게 마주할 자신감을 얻었습니다.

그 자신감은 잊고 있었던 한두 개의 꿈들을 꿈틀거리게 했고, 모래 속 깊숙이 숨어 있던 진주 목걸이의 한 알을 찾아낼 수 있도록 도와주었습니다. 더군다나 그 실에는 또 다른 진주알들, 즉 나의 또 다른 꿈들이 존재해 있었습니다.

꿈으로 만들어진 진주 목걸이는 사람을 아름답게 만듭니다. 그것은 어느 누가 보아도 눈부실 정도로 당당합니다. 꿈과 함께 살아가는 사람은 그 자체만으로도 멋있습니다.

많은 꿈을 가지고 있는 당신. 하나의 꿈은 다른 또 하나의 꿈으로 가는 길이기도 합니다.

지금 당신의 꿈이 무엇인지 알 수 없다고 해서 꿈이 존재하지 않는 것은 아닙니다. 잠깐 잊고 있는 것뿐입니다.

자, 지금부터 당신의 꿈을 찾아내, 그 꿈이 이루어질 수 있도록 즐겁게 준비해볼까요?

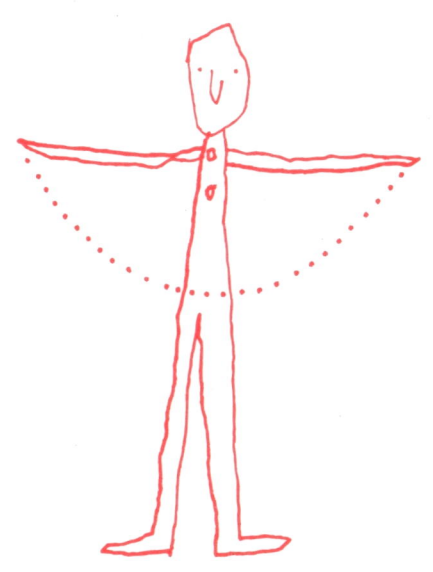

꿈을 이루는 짤막한 시

● 쿠키를 굽고 있는데 꿈(별)의 모양을 하고 있다는 생각이 들었다.

# O2 자기 주위는
## 정말로 좋아하는 것들로 가득 채우자

자신의 꿈이 무엇이었는지 기억조차 못 하게 되어버렸을

때! 이런 때에는 어린 시절에 좋아했던 것들을 떠올려보세요.

아무런 계산도 하지 않고, 당신이 푹 빠져버릴 수 있었던 그것

들을.

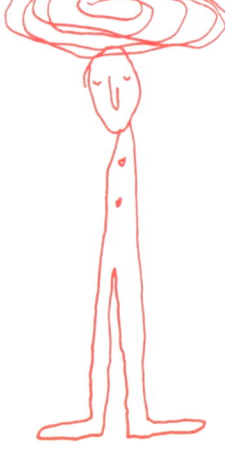

과거 속에는 지루한 일상을 바꿔줄 '꿈의 씨앗'이 숨어 있습니다.

그것들은 사라져버린 것이 아닙니다. 단지 숨을 죽이고 기억 속에 숨어 있을 뿐이지요. 지금이라도 과거로 거슬러 올라가면 '꿈의 씨앗'들과 다시 만나게 될 것입니다.

만나게 되면 다시 한 번 당신 주위를 둘러보세요. 지금 당신이 좋아하는 것들에 둘러싸여 있는지. 혹은 좋아하지는 않지만 그럭저럭, 하지만 조금 압박감이 느껴지는 것들로 인해 힘들어하고 있지는 않은지.

만약, 당신 주위에서 마음에 들지 않는 것을 찾아낸다면 과감히 버리거나 필요로 하는 누군가에게 주도록 하세요.

예를 들면, 너무나도 싸기 때문에 덜컥 구입해버린 소파가 있다고 해요. 아무리 이리저리 살펴봐도 썩 마음에 들지 않는

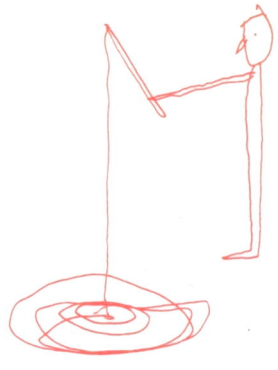

소파, 예쁜 천을 사서 씌워봤지만 역시나 형태마저도 마음에 들지 않습니다. 또다시 이것을 커버하기 위해서 쿠션을 구입하고…….

우리는 이런 식으로 마음에 들지 않는 것을 숨기기 위해 마지막까지 불필요한 노력을 하곤 합니다.

일상에서도 크게 다르지 않다고 봐요. 변명을 하듯이 불필요한 것들은 자꾸자꾸 늘어만 가고……. 물론 이런 일들은 어디서나 흔히 볼 수 있는 모습이기도 하지요.

그냥 살다보니까 원치 않아도 불필요한 것들이 쌓이고 또 쌓이고, 어느새 당신의 꿈은 조금씩 그것들에 눌려 숨조차 크

게 쉴 수가 없습니다. 조금이라도 빨리 이런 상황에서 벗어나려면, 주위를 둘러보고, 자신이 필요없다고 생각하는 것들로부터 자유로워지세요.

정말로 필요한 것, 그리고 편안한 사람들과의 시간, 이것들이야말로 지루한 원리원칙의 인생으로부터 자유로워지도록 도와주는 열쇠이니까요. 그러다보면 깊숙이 묻혀 있던 당신의 꿈도 자연스럽게 새싹이 되어 다가오지 않을까요?

**꿈을 이루는 짤막한 시**
- 추억의 앨범을 꺼내보자. 그때 좋아했던 것들이 애처롭도록 사랑스러울 것이다.
- 당신 주위의 모든 것들이 당신을 축복해주고 있다.

# ○3 큰 꿈을 위해 작은 꿈부터
천천히 이루어가자

"꿈은 이루어진다."

저는 그렇게 믿고 있습니다. 제가 지금 하고 있는 모든 일은 어릴 적 꿈꾸던 것에서 시작되었으며, 앞으로도 계속 이어질 것이라고 확신합니다. 어린 시절에는 모두가 넘칠 만큼 '꿈의 씨앗'을 품고 있습니다. 그러나 그것을 어떻게 키워나갈 것인가는 당신의 노력에 달렸습니다. 구체적인 생각과 행동만이 꿈을 현실로 만들어줄 수 있습니다.

유치원생 때 저는 『이슬방울의 모험』이라는 책에 푹 빠져 있었습니다. 책 제목 그대로, 작은 이슬이 여기저기 모험을 하고 다니는 이야기입니다. 책 속의 이슬은 천천히 증발하기도 하고, 비가 되어 쏟아지기도 하고, 또 어떤 때는 전혀 다른 모습이 되어 전 세계를 돌아다니기도 합니다.

이 책을 읽고 난 후, 매일 아침 물을 가득 담은 컵을 창가에 놓아두고 유치원에 가는 습관이 생겼습니다. 그리고 비가 오는 날이면, '아! 컵 속의 물이 증발해서 비가 되어 내리는구나!' 라고 생각했습니다. 그러면 마음에 생동감이 감돌아 비가 오는 게 즐겁기까지 했습니다.

한참이 지나 제가 <5월>이라는 시를 쓰게 되었을 때는 '풀잎이 봄바람에 마음을 빼앗겨 맺힌 이슬방울이 지면으로 떨어지는구나', '여름 한낮의 뜨거운 빛을 이슬방울이 온몸으로 흡수해 여름의 향기가 되어 다가오는구나……'라는 구절로 이슬을 예찬하기도 했습니다.

시 <5월>은 그 당시 유명한 시인에게 인정을 받아 잡지에 실리기도 했습니다. 저는 그게 너무나도 기뻐서 계속 시를 썼습니다. 그렇게 모은 시로 책을 내기로 결심하였고, 그동안 모아놓은 용돈을 다 털어서 출판까지 해버렸습니다.

그때 왜 이슬에 관한 시를 썼을까? 지금 생각해보면, 어릴 적 『이슬방울의 모험』을 읽고, 저는 이슬에 꿈과 희망이 실려 있다고 믿었던 것입니다. 그것을 컵으로 재현했던 행동이 시의 한 구절이 되었고, 그 시가 인정을 받아 계속 시를 쓰게 된 것이죠. 또한 그로 인한 결과물로 출판사를 설립하기에 이르렀습니다.

제가 무엇을 말하고 싶은지 여러분도 아시겠죠? 사실은 모두가 연결되어 있다는 것입니다.

큰 꿈이 이루어지길 바란다면, 우선 작은 꿈부터 하나씩 이루어 나아가세요. 여기서 얻은 체험은 반드시 힘과 자신감으로 바뀔 테니까요.

그리고 그것을 조금씩 쌓아가다 보면, 아주 멀게만 느껴졌던 자신의 꿈이 의외로 가까운 곳까지 다가와 있다는 사실에 놀랄 것입니다.

**꿈을 이루는 짤막한 시**
● 돌차기를 하며 집으로 걸어가던 그때처럼.
● 자전거로도 먼 곳까지 갈 수 있다. 내일도 힘을 내자.

# O4 자신이 무엇을 절실히 원하는지
## 확실하게 파악해두자

'별똥별이 떨어질 때 소원을 빌면 그 소원이 이루어진다'라는 말이 옛날부터 전해지고 있습니다.

별똥별이 떨어지는 아주 짧은 순간에 원하는 것을 바로 기원할 수 있는 사람이라면, 그 사람의 소원은 반드시 이루어질 것이라고 저는 믿습니다. 왜냐하면 그는 항상 준비하고 있는 사람일 테니까요.

소원을 바로 말할 수 없다는 것은 스스로 정리가 되어 있지 않다는 것이며, 자신이 무엇을 원하는지 조차 모르고 있다는 것을 뜻합니다.

이래서는 원하는 것을 얻을 수 없습니다.


그렇다면 우선, 자신이 무엇을 절실히 원하는지 확실하게 파악하는 것부터 시작해볼까요. 별똥별처럼, 언제 내게 올지 모를 기회를 놓치지 않기 위해서라도, 자신이 하고 싶은 일이 무엇이며 지금 무엇을 원하고 있는지 살펴보세요. 이를 항상 의식하고 준비하는 자세가 중요합니다.


**꿈을 이루는 짤막한 시**

● 새로운 색의 매니큐어를 칠하고 구두도 반짝반짝, 준비 완료! 언제든지 덤벼라.

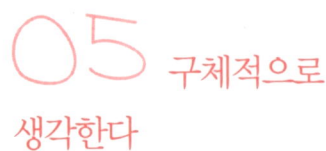

## 05 구체적으로 생각한다

한 가지 확실하게 말할 수 있는 것이 있습니다.

구체적으로 생각하지 않으면, 절대 실현되지 않는다.

물론, 구체적으로 생각했다고 해서 백 퍼센트 이루어지는 것은 아닙니다. 하지만 부정적인 상상은 하지 마세요. 머릿속으로 상상할 때는 최대한 구체적으로, 그리고 긍정적인 방향으로 생각을 이끌도록 하세요.

'금메달을 꼭 따고 싶어! 꼭 따고 말 거야!'라고 결심한 사람만이 그것을 쟁취할 수 있습니다.

모든 것은 이와 크게 다르지 않습니다.

'살을 빼고 싶다'는 생각만으로는 살을 뺄 수 없습니다. 한 달 뒤에 3킬로그램이 빠진 당신의 모습을 상상하며 도전해야 성공할 수 있습니다. 구체적인 목표를 정한 뒤, 자기 자신에게 선언하고 약속하는 것이죠.

그리고 목표를 달성하기 위해서는 무엇이 가장 필요한지를 생각합니다. 달콤하고 맛있는 탄산음료는 줄이고 녹차나 물을 마신다든가, 잠들기 전에 윗몸일으키기 30번을 한다든가, 이렇듯 구체적인 생각은 지금 당장 해야 할 것들을 명확하게 보여줍니다.

만약 당신이 행복해지기를 간절히 원한다면, 구체적으로

당신에겐 어떤 것이 '행복'인지를 한 번 더 생각해보세요.

행복의 형태는 가지각색입니다. 사랑하는 사람과 결혼해서 따뜻한 가정을 만들어가는 것, 보람 있는 일을 하면서 새로움을 창조해가는 것, 연봉 1억을 벌면서 좋아하는 일을 하는 것 등등…….

어느 것이 정답일지 그건 아무도 모릅니다. 모두가 바라는 행복이 똑같을 수는 없으니까요.

지금 필요한 건 구체적인 생각.

바로 여기부터가 행복으로 가는 시작점입니다.

시작점에 서면, 여기에조차 도달하지 못한 사람―구체적인 생각을 하지 못하는 사람―이 수없이 많다는 사실에 놀라게 될 겁니다. 시작점에 서면, 그 다음부터는 무조건 원하는 방향을 향해 전진하도록 하세요. 당신이 원하는 것은 의외로 가까운 곳에 있습니다.

꿈을 이루는 짤막한 시

● 지금부터 어디로 갈까 결정해두면 헤매지 않는다.
● 목표가 보이면 힘껏 달리자. 그러면 목표와 반드시 가까워질 것이다.

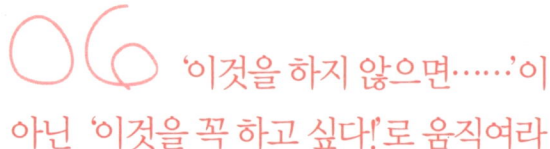

## 06 '이것을 하지 않으면……'이 아닌 '이것을 꼭 하고 싶다!'로 움직여라

자신을 너무 억누르지 말자.

좋아하는 것을 할 수 있도록 하자.

꿈을 이루기 위해서는 둘 다 중요합니다. 항상 '~하지 않으면 안 돼', '~해야만 돼'라는 의식에 얽매여 있다면, 언제쯤 당신을 위한 인생을 살 수 있을까요?

해외여행을 가더라도 가이드 안내에 따라 정해진 시간 내에 정해진 관광 명소만 둘러보고 간단한 쇼핑과 평범한 식사를 한 뒤 빡빡한 스케줄대로 움직이는 것에 익숙해진 사람들을 볼

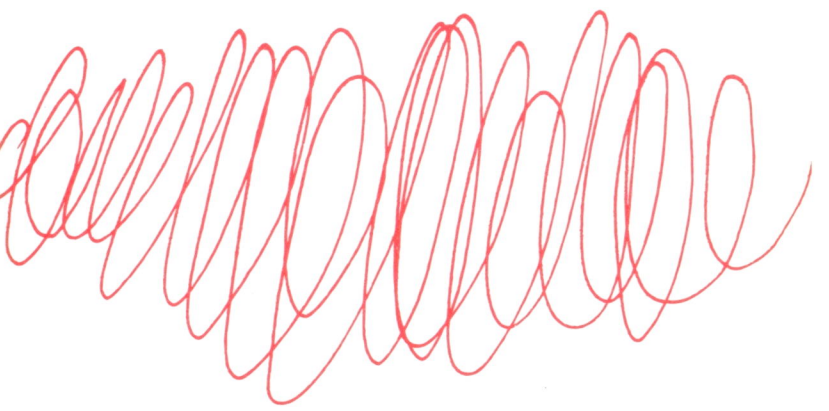

● 항상 같이 있는 다른 나, 마음속 자신의 소리에 귀를 기울여보자.
● 하고 싶은데도 하지 않으면 손해. 할 수 없는 것이 아니라 하지 않는 것이기 때문이다.

수 있습니다. 이것은 하루의 일정이 꽉 짜여진 틀 안에서 생활

해왔던 학교 교육의 웃지 못할 폐해인지도 모릅니다. 중요한

것은 이런 상황에 처한 자신을 자유롭게 해주는 것입니다.

　　주위에 신경 쓰지 말고, 마음에서 들려오는 소리

에 귀를 기울이세요.

　　그러나 회사와 학교라는 곳에 묶여 있는 이상, 자유만을 고

집할 수 없는 것이 현실입니다. 하지만 그런 시간적인 제약에

굴복하지 않고 조금이라도 당신에게 필요한 여유를 가지

기 위해 궁리해보세요. 그 시간이 더욱 값지게 느껴

질 것이 분명합니다. '시간이 부족해서

할 수가 없어'가 아닌, '짧은 시간이

지만 어떻게 활용할까'로

　　　　　　　　생각을 전환하는 거죠.

　　　　　'이것을 하지 않으면 안 돼……'

　　　로 묶여 지내는 인생보다는 '이것을 꼭 하

고 싶어!'로 움직

이는 인생이 더 재미있고 멋지지 않을

까요? "무모한 짓이다. 성공할 리 만무해!'라는 말을 사

람들로부터 끊임없이 들으면서도 절대 굴하지 않고 설립한 제

회사, 지금은 텔레비전 광고를 할 만큼 성장했습니다. 그때 제

가 주위의 권유에 지고 말았다면, '그래 맞아, 내가 하고 싶다

고만 해서 어디 그게 되겠어?'라며 도전하지 않았다면, 저 역

시 지금과 전혀 다른 현실 속에서 살고 있겠죠. 그랬다면 이 책

을 통한 당신과의 만남도 이루어지지 않았을 것입니다.

# 07 당신의 기분을
## 정복하라

꿈에 조금이라도 가까이 다가가기 위해서는 이것이 중요
합니다.

필요할 때, 최대한 빨리 기분을 전환한다.

초조하거나 기분이 구렁텅이에 빠진 것 같은 상태에서는
좋은 생각이 떠오르지 않습니다. 좋지 않은 방향으로만 생각
이 흐르거나 마음이 부정적인 상태에 빠져 허우적거릴 때에는
최대한 빨리 그곳에서 탈출하는 것이 중요합니다.

예를 들면, 반복되는 실패나 타인 때문에 좋지 않은 결과를
맞았을 때 누구나 화나고 원망이 생기게 마련입니다.

저도 그런 경험이 수없이 많습니다. 그럴 때면 스위치를 켜듯 기분을 전환시키세요.

그 방법엔 여러 가지가 있습니다.

있는 힘껏 소리를 내지른다든가, 맛있는 음식을 먹는다든가 하는.

물론 이것들이 때때로 힘이 되기도 합니다만, 이런 방법들은 일시적인 방책에 불과할 뿐 근본적인 문제를 해결해주지는 않습니다.

이런 방법은 어떨까요?

첫째, 내 기분이 왜 좋지 않을까? 가장 근본적인 원인에서부터 출발하면 의외로 쉽게 그 원인을 찾을 수 있습니다. 예컨대 '그 사람이 한 말은 모두 맞지만, 말투가 신경에 너무 거슬려'라는 식으로 하나씩 원인을 따져보는 것입니다.

둘째, 말투가 거친 것은 '그 사람에게도 큰 손실이야'라고 당신 마음대로 결론을 내려버리는 것입니다.

결론이 나온 시점에서 당신의 기분은 이미 전환할 준비가 되어 있을 것입니다.

마지막으로, 그것을 확실히 하기 위해서는 눈을 지긋이 감고 차가운 물—따뜻한 녹차도 좋습니다—을 한 잔 마셔보세요. 흥분했던 당신의 몸속으로 차가운 물이 뚫고 지나가는 것을 생생하게 느낄 수 있을 것입니다. 이것은 기분 좋은 느낌으로 다가와 당신을 만족스럽게 할 것입니다. 어느새 당신은 만족스러워진 기분을 온몸으로 느끼게 될 것입니다.

조금이라도 기분이 좋아졌다면, 당신의 감정은 긍정적인 쪽으로 전환되었다고 할 수 있습니다.

**꿈을 이루는 짤막한 시**
● 상쾌한 마음은 새로운 아이디어를 창출한다.
● 너무 숨가쁘게 달려왔다면, 잠깐 멈추자.

# ○8 호흡의 속도, 심장의 고동 소리에 귀를 기울이자

힘든 시간은 빨리 지나가길 바라고, 행복한 시간은 조금이라도 더 길게 만끽하고 싶은 게 사람 마음입니다. 즐거운 계획을 세운 그날은 빨리 다가오길 바라고, 하고 싶은 일이 아직도 많이 남아 있으면 조금 더 시간이 필요하다고 외칩니다.

이렇듯 바쁜 현대인의 생활 속에서 사람들은 '시간을 내 마음대로 할 수만 있다면' 하는 간절한 소망을 품습니다. '그렇게만 되면 모든 게 잘될 텐데……'라고 확신하면서 말이지요. 그러나 '내 마음대로 하고 싶다'라고 생각한 순간, 이미 당신은 시간의 노예가 되어버리는 것입니다.

　시간이라는 것은 이상하게도 자연스럽게 그냥 흘러가도록 내버려 두는 것이 제일 좋습니다.

　시간보다 더 의식해야 할 것은 당신 몸의 리듬—호흡, 심장 고동 소리—입니다. 이 속도를 스스로 느껴보세요.

　즉, 자신의 심장이 두근두근 뛰고 있지는 않나, 불안감에 휩싸여 숨이 벅차지는 않나, 기쁨 때문에 호흡이 빨라지지는 않았나, 이러한 세심한 주의가 시간을 제어하는 것으로 연결되는 열쇠가 되기도 하니까요.

　이는 다시 말해, '자신의 리듬을 파악하는' 것입니다. 음악

에도 다양한 리듬이 있듯 몸속에도 여러 가지 리듬이 존재하니까요.

감정과 시간의 흐름이 더욱 정확하게 어우러지도록 하기 위해서는 몸속의 리듬을 제대로 아는 것이 무엇보다 중요합니다.

시계만 뚫어지게 쳐다보는 것보다는 편안한 마음으로 자신의 호흡과 심장 고동 소리에 귀를 기울이는 것이 자신의 리듬에 맞춰 세상을 살아가는 길이며, 좋은 결과로 이어지는 비법입니다.

---

**꿈을 이루는 짤막한 시**

● 시간을 너무 의식하면 무엇을 하려고 했는지조차 잊어버리고 만다.
● 두근두근, 가슴이 터질 것 같아, 착잡해, 반짝반짝…… 다양한 자신을 느껴보자.

# 09 중요한 일은
## 나중으로 미루지 말자

제가 가장 소중하게 생각하는 말 중 하나가 '중요한 일은 나중으로 미루지 말자'입니다. 이것은 디즈니랜드에 갔을 때 **어트랙션**(Attraction—극장에서 손님을 끌기 위하여 짧은 시간 동안에 상연하는 공연물) 화면에 큼지막하게 나온 말입니다.

이것을 본 순간, 저는 누군가에게 뒤통수를 한 대 심하게 얻어맞은 듯한 충격을 받았습니다. 당시 저는 '중요한 일은 나중에 천천히 하면 되지 뭐' 하는 생각으로 살아가고 있었으니까요.

'중요한 일을 나중으로 미루는 생활'이 몸에 배어 있는 선배가 있었습니다. 그런 선배의 모습이 너무 싫어 '난 저렇게 살지 말아야지'라고 늘 생각했었는데, 디즈니랜드에서 그 문장을 본 순간 제가 그 선배를 닮아버렸다는 사실에 놀라움을 금치 못했습니다.

지금 해야 할 일들을 나중으로 미루는 것은 수많은 기회를 놓치는 것입니다.

나중으로 미루는 것에 익숙해지면, 기회가 자신을 피해 갔다는 것조차 모르고 지나가기 때문입니다.

48

이런 결과를 초래하기에 미루는 습관이 무서운 것입니다. 그 후 '나중으로 미루지 말자'는 제 좌우명이 되었고, 항상 이를 의식하며 일에 전념하자, 경영난에 시달리던 회사가 조금씩 나아지기 시작했습니다.

지금 시작해도 늦지 않습니다. '나중으로 미루는 습관'을 당장 버리세요. 그것만으로도 꿈에 더 가까이 다가가는 커다란 걸음이 될 테니까요.

**꿈을 이루는 짤막한 시**

● 나중으로 미뤄도 더 좋은 일은 생기지 않는다.
● 지금 해버리면 더 빨리, 더 좋은 방향을 찾을 수 있다.

# 10 기회는 평범한 얼굴로
다가온다

기회는 갑자기 찾아오거나, 깜짝 놀랄 만큼 평범한 얼굴로 다가옵니다. 너무나도 보잘것없어서 그냥 지나쳐 버릴 정도입니다. 그런 때에는 '아무리 보잘것없더라도 기회는 기회니까'라고 생각하세요. 왜냐하면 너무 평범한 모습에 속아 진짜 기회를 지나쳐 버리는 수가 있으니까요.

　얼마 전, 공항에서 비행기 탑승을 기다리고 있는데 안내방송이 나왔습니다.

　"다음에 출발할 비행기로 탑승 변경하시는 승객께는 사례금 십만 원을 캐시백으로 적립해드립니다. 곧 접수가 시작될 예정이오니 원하시는 분들은 담당 항공 카운터로 오시기 바랍니다."

　저는 이 안내방송이 너무나도 평범했기 때문에 그냥 무시해버렸습니다. 사실 급한 일도 없었기에 다음 비행기를 타도 무방했습니다만, 주변에 웅성거리는 사람들도 없었고 모두들 상관없다는 듯 차분한 모습으로 있었기에 저 역시 이것이 기회임을 실감하지 못했던 것입니다.

5분도 채 되지 않아 마감을 알리는 안내방송이 들려왔고 그제야 카운터에 가지 않은 것이 후회되었습니다. 10만 원을 받을 수 있는 기회였는데, 멍하게 있는 사이에 기회가 달아나 버린 것입니다. 이것은 어디까지나 아주 사소한 예에 불과합니다. 이런 일 외에 일상에서 일어나는 지극히 평범한 것들에도 많은 기회가 숨어 있습니다. 조금만 신경 쓰면 그냥 지나치는 일은 없을 것입니다.

기회를 잡는 것이 쉬운 일은 아니지만, 자신의 목표가 확고하고 필요한 것이 명확하게 정리되어 있다면, 기회가 왔을 때 자신의 것으로 만들 수 있습니다.

갑작스런 기회에도 민첩하고, 임기응변이 뛰어난 사람. 이것이 기회를 잡는 사람들의 공통점입니다.

**꿈을 이루는 짧막한 시**

● 기회는 갑자기 찾아온다. 그 순간 빠른 공격만이 살길이다.

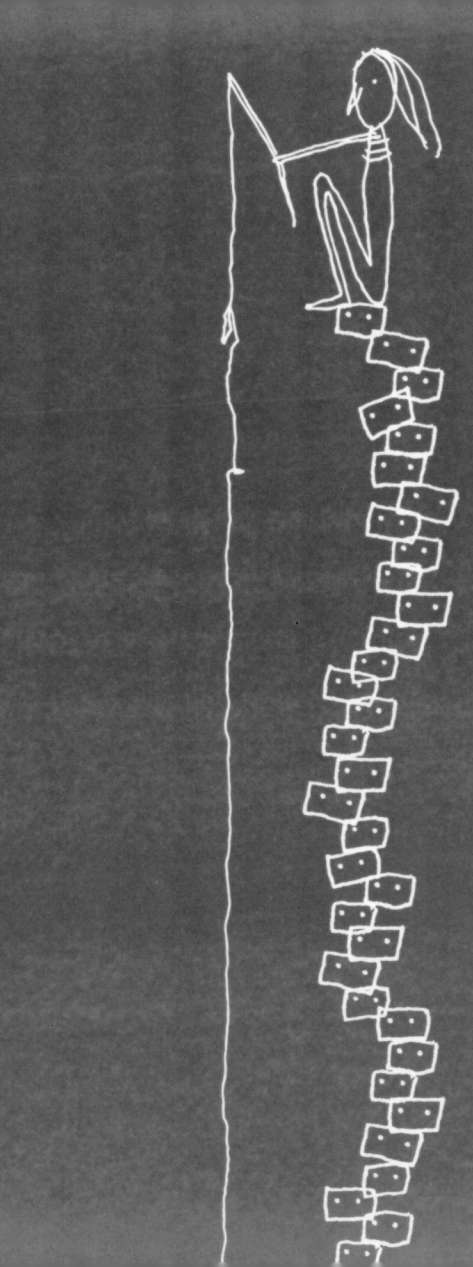

## 11 운은 타이밍과 밀접한 관계가 있다

한 가지 예를 들어봅시다.

옛날 옛적에 밤나무가 한 그루 있었습니다. 그곳을 지나던 사람이 밤을 따려고 발길을 멈추었습니다. 그러나 주위를 둘러보아도 긴 막대는커녕 작은 돌조차 구할 수 없었습니다. 간

신히 나무 위로 올라간 끝에 겨우 몇 개를 따 가지고 집으로 돌아갔습니다.

　그런데 그날 밤, 세찬 바람이 불었습니다. 다음 날 아침 밤나무가 있는 곳에 가봤더니 밤들이 엄청나게 떨어져 있었습니다. 그래서 그는 아무런 고생도 하지 않고 밤을 집으로 가져와 맛있게 먹었습니다.


　어떤 이야기를 하고 싶어 하는지 벌써 눈치 챘나요? 밤=타이밍. 타이밍이 어긋나버리면 실컷 고생만 하고 낮은 성과만

이 결과로 돌아옵니다. 중요한 것은 적절한 타이밍에 맞춰 그 장소에 있어야 한다는 것이죠.

우리는 어릴 적부터 '노력한 사람에게 보답이 돌아온다'고 배워왔지만, 사실 꼭 그렇지도 않습니다.

타이밍이 좋은 사람에게 보답이 돌아온다.

하늘의 축복이 있었기 때문이야, 타이밍이 좋았을 뿐이야. 이런 말들을 하는 사람은 행복한 인생을 살고 있을 것입니다.

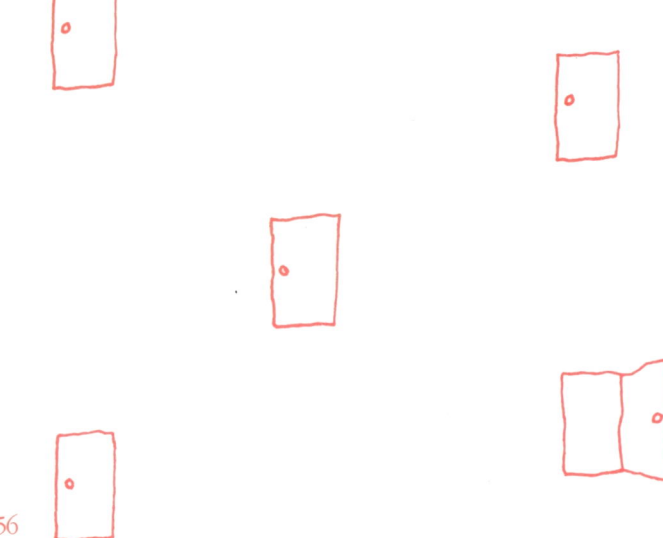

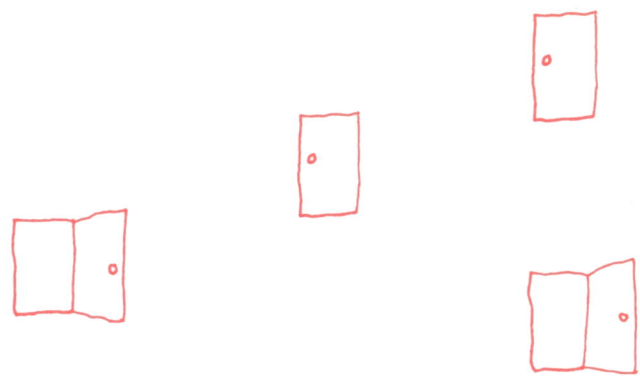

　'타이밍이 좋은 사람'을 다른 말로 표현하면 '항상 준비가 되어 있는 사람'이라고 할 수 있습니다.

　운(運)이라는 말에는 '옮기다, 나르다'라는 뜻이 내포되어 있습니다. 이것은 좋은 일을 실어다준다는 의미이기도 합니다. 즉 좋은 장소, 행운이 있는 곳을 찾아가라는 것입니다.

　장례식장에 가면 슬픔에 빠지게 되고, 결혼식장에 가면 행운과 마주칠지도 모릅니다. 옷을 사고 싶을 때 들판으로 가는 사람은 없습니다. 자연을 만끽하고 싶을 때 복잡한 시가지로 발길을 옮기는 사람 또한 없습니다.

어느 곳으로 발길을 옮길 것인가, 바로 이것이 운을 실어주는 중요 포인트입니다.

최적의 타이밍으로 그런 장소를 찾게 되는 것은 항상 분주하게 노력하는 사람에게는 오히려 어려운 일일지도 모릅니다.

그와 반대로 때를 기다리며 여유를 갖는 사람은 타이밍을 놓치지 않고 자신의 것으로 만들 수 있습니다.

'과일은 익을수록 달다'라는 말이 있습니다. 무조건
앞뒤 가리지 않고 노력하는 것보다는 느긋한 기분으로 때
와 장소의 흐름을 파악하고 움직이는 것이 더욱 효과적일 수
있음을 기억하세요.

**꿈을 이루는 짤막한 시**

● 굳이 필요 없는 고생은 하지 말자, 적당하게 꾀도 부릴 줄 알아야 한다. 이것이 꼭 나쁜 것
　만은 아니다.
● 행운이 떨어지는 곳에서 행운을 기다리자.

## 12 절대 포기하지 않으면
## 마지막에 웃을 수 있다

　너무 이른 나이에 일을 시작한 저에게 10년이라는 세월 동안, 일은 원치 않던 방향으로 조금씩 흘러갔습니다. 그럼에도 불구하고 인내로 있는 힘껏 발버둥 치면서 많이 힘들어했습니다.

　그래서 저는 늘 모든 사람들에게 새로운 시작을 하는 데는 서른 살이 넘어도 늦지 않다고 외치곤 합니다. 10대, 20대는 너무 이르기에……. 나이는 숫자에 불과할 뿐이니까 얼마든지 도전하라고 말하는 것이죠.

꾸준히 그리고 열심히 하는 사람은 자기가 원하는 길을 반드시 찾아간다.

여러 분야의 사람들을 보면서 제가 늘 느끼는 것입니다. 특별한 의미는커녕 목적도 없이, 하루하루를 건들건들 살아간다면, 결국 아무것도 찾아내지 못한 채 인생은 끝나버리겠지요.

그런 의미에서, 뭐든지 끈기 있게 열심히 한다는 것은 무척 중요합니다.  '매일 매일 똑같은 일에 이렇게 매달려야만 하나?'라는 생각이 들더라도 끝까지 포기하지 않고 꾸준히 노력해가는 것에 의미가 있습니다.

한때 저는 결혼식 비디오 촬영을 했습니다. 그때는 제가 해야 할 일을 찾지 못하고 헤매던 시절이었지요.  '난 언제쯤 결혼할 수 있을까'라고 투덜대면서도 2,000쌍이 넘는 부부의 비디오 촬영을 매주 해왔습니다. 한번은 늦어서 당황한 적도 있었지만 촬영은 무사히 끝낼 수 있었습니다.

골절 때문에 목발을 짚고서도 비디오 촬영만은 제 손으로 했던 기억이 납니다. 대단한 근성이죠! 하지만 제가 알려드리고 싶은 것은 사소한 그런 성향들이 모여 자신감으로 바뀐다는 사실입니다.

**꿈을 이루는 짤막한 시**

● 끈기 있는 '노력'에는 '튼튼한 뿌리'가 있다. 뿌리도 없는 풀에게는 절대 지지 않을 거야!

    기필코 무엇인가를 끈기 있게, 절대 포기하지 않고 끝까지 했다는 그 사실이 언젠가 당신이 힘들어할 때 반드시 당신의 등을 힘껏 밀어줄 용기가 될 테니까요.

    뭐가 뭔지 모르겠거나, 바로 눈앞의 길이 보이지 않게 되더라도, 절대 포기하지 않고 계속 도전하는 정신! 이것이 당신에게 최고의 선택이 되어 돌아온다는 것을 기억하세요.

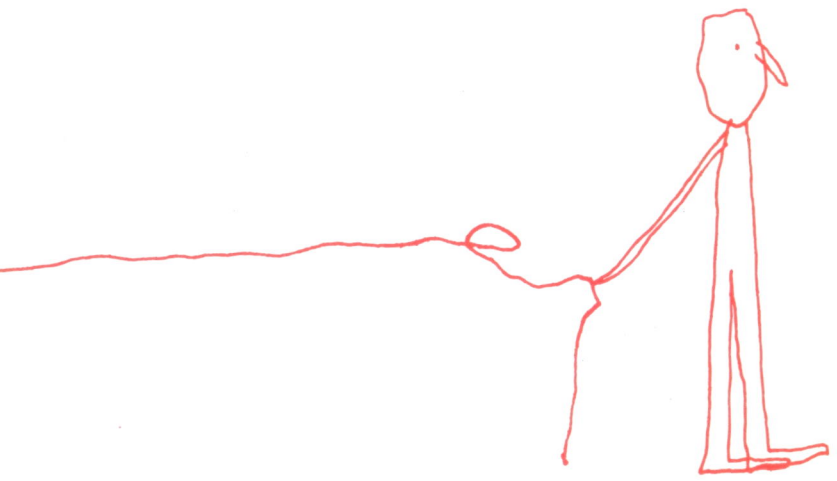

# 13 '꼭 하고 싶은 것'과 '반드시 해야만 하는 것'의 목록을 만든다

꼭 하고 싶은 것과 반드시 해야만 하는 것.

이들은 비슷한 듯하면서도 전혀 다릅니다. 그러나 같은 것이라고 혼동하는 사람들도 적지 않습니다.

많은 사람들은 '반드시 해야만 하는 것의 목록'만으로 만족해하곤 합니다. 하지만 이것은 누구나가 하고 있는 것입니다.

'반드시 해야만 하는 것의 목록'에는 우선순위와 상관없이 반드시 해야 하는 것들이 기록되어 있습니다. 하지만 이것만으로 꿈을 이루기는 어렵습니다. 그렇다면 뭐가 더 필요할까요? 바로 '꼭 하고 싶은 것의 목록'입니다. 이 목록을 만드는 사람들은 많지 않습니다. 왜냐하면 대부분의 사람들은 자신과 타협하며 적당히 넘어가는 데 익숙해 있으니까요.

'반드시 해야만 하는 것의 목록'과 '꼭 하고 싶은 것의 목록'을 작성한 후 천천히 비교해보세요. 그러면 당신이 간절하게 바라던 것을 발견할 것입니다.

먼저 목록을 만들고, 우선순위를 결정합니다. 그리고 그중에서 '꼭 하고 싶은 것'을 확실하게 정한 후, '반드시 해야만 하는 것의 목록'을 다시 한 번 살펴보세요. 그러면 불필요한 것이 눈에 띄기도 하고, 반대로 정말 필요한 것을 발견하기도 할 것입니다.

지금부터 자신이 하고 싶은 것들은 참지 말고 시작하세요.

꿈을 이루는 짤막한 시

● 반드시 해야만 하는 것보다 꼭 하고 싶은 것을 먼저 하는 것이 좋을 때도 있다.

# 14 누군가에게 이야기하는 것으로, 생각을 현실로 끌어낸다

자신의 이야기를 다른 사람과 공유한다는 것은 인생을 성공으로 이끄는 데 중요한 부분이 되기도 합니다. 다른 사람에게 말하는 순간, 자신도 세상의 중심에 들어와 있을 테니까요.

마음에 담아두었던 것을 말로 표현하면 뜻밖의 자신과 만날 수 있습니다.

다른 사람에게 자신의 이야기를 하면 마음이 풍성해지는 것을 느낄 수 있습니다. 너무나 힘들고 어려운 시간들이었다고 생각했는데 소중한 추억으로 바뀌어 다가오기도 하고, 간

혹 좋은 일이 생기기도 하죠.

　반면, 마음을 닫으면 혼자만의 세계에 갇혀버립니다. 철통처럼 잠긴 창문으로는 바람 한 줄기 들어오지 않는다는 것을 당신도 잘 알고 있습니다. 알게 모르게 고립되어가는 것입니다.

하지만 다른 누군가에게 넌지시 말해보세요. 그러면 살짝 열어둔 창문으로 시원한 바람이 불어와 당신을 어루만져줄 것입니다. 당신은 세상 밖으로 뛰어나와 '내게도 이런 역할이 어울릴 때가 있구나'라고 감탄하며 얼굴이 상기될 것입니다.

여기서 당신의 가치를 한층 더 돋보이고 싶다면, 한마디 멋진 말로 친구들을 사로잡아 보세요.


예를 들면, 무조건 자기 자랑만 늘어놓는 사람은 정말 지칩니다. 그러나 재미있게 이야기하는 사람은 눈길을 끌게 마련이고, 매력적인 말투는 사람들을 즐겁게까지 합니다. 이게 바로 '표현력'이 가진 마법이지요.


표현력은 돌덩이조차 다이아몬드로 만들 수 있는 힘을 가지고 있습니다.

또한 자신이 가지고 있는 평범한 것들을 특별한

것으로 바꾸어줄 수도 있습니다.

이제 알겠나요? 멋진 표현력은 돌덩이를 다이아몬드로 바꾸어버리는 마법이라는 것을. 그러니까 담아두지만 말고 표현하세요. 물론, 매력적이고 재미있기까지 하다면 금상첨화겠죠!

# 15 정보를 수집하려면
## 나만의 '항구'를 만들자

대화가 가져다주는 또 하나의 선물은 필요한 정보를 얻을 수 있다는 것입니다.

예를 들면, 지금 당신이 요가에 대단한 흥미를 가지고 있다고 합시다. 그렇다면 그 사실을 주위에 있는 많은 사람들에게 이야기하세요.

이것이 바로 나만의 '요가 항구'를 만드는 방법입니다.


항구에는 수많은 배가 들어옵니다. 어디 배뿐이겠어요? 갈매기는 물론 잔뜩 실린 짐들, 잡아들인 많은 생선 등등 가지각색의 것들이 모여듭니다. 이처럼, 만약 당신이 '요가 항구'를 만들었다면 거기에는 많은 정보가 모여들 것입니다.


요가 교실을 소개해주는 사람이 있을지도 모르고, 요가에 관한 재미있는 책을 빌려줄지도 모릅니다.

그리고 같은 회사에서 근무하지만, 지금까지는 그저 눈인사만 하고 지냈던 동료와 요가로 인해 친해질지도 모를 일입니다.


만약 요가라는 항구를 만들지 않았다면, 이렇게까지 많은 정보를 모을 수 있었을까요?

항구를 만들었기 때문에 주변 사람들로부터 요가에 관한 다양한 정보를 얻을 수 있었고, 당신 자신도 더욱 의식할 수 있었기에 원했던 정보를 손쉽게 모을 수 있었던 것입니다.

꿈을 이루는 짤막한 시

● 항구는 모든 것을 끌어당겨 다시 돌려보낸다.

## 16 다른 사람의 말이 아닌
### 자신만의 표현이 담긴 말로 이야기하자

학교에서, 직장에서, 친구들과의 만남…… 이렇듯 우리는 날마다 많은 사람들과 만나고 있습니다. 개인적 차이는 있지만, 하루도 빠지지 않고 '첫 대면'을 반복하며 살아가고 있지요.

모두들 똑같은 말투로 똑같은 말을 반복하고 있습니다. 그런 말에는 어떠한 힘도 담겨 있지 않습니다.

예를 들면, 한 선배님의 생일날 "생일 축하드려요! 앞으로도 많은 지도와 격려 부탁드립니다"라고 진심으로 축하를 해주었지만, 깊은 인상을 남기는 한마디가 되지 못했습니다. 왜

냐하면 이런 날, 이런 인사는 단지 '흔한 인사말'에
그치기 때문입니다.

'흔한 인사말'은 오래전부터 계속 사용되었던 말
입니다. 물론 '오래전부터 쓰여왔던 말'이 결코 나
쁘다는 것은 아닙니다. 다만 가끔은 당신만의 표
현으로 당신의 기분을 전해보라는 것이지요.

그러니까 생각의 각도를 조금만 돌려보세요.
생일 → 몇 월 며칠 → 무슨 날에 해당할까.

"오늘은 나팔꽃 시장이 서는 날이니까, 선배님
에게 나팔꽃 꽃말을 선물할게요. 혹시 꽃말을 알고
있나요?"

이 같은 표현을 사용해보는 것이죠. 살짝 관점
을 바꾼 것뿐인데, 한층 깊은 인상을 남길 수 있습
니다.

깊은 인상을 주는 말에는 시간과 장소를

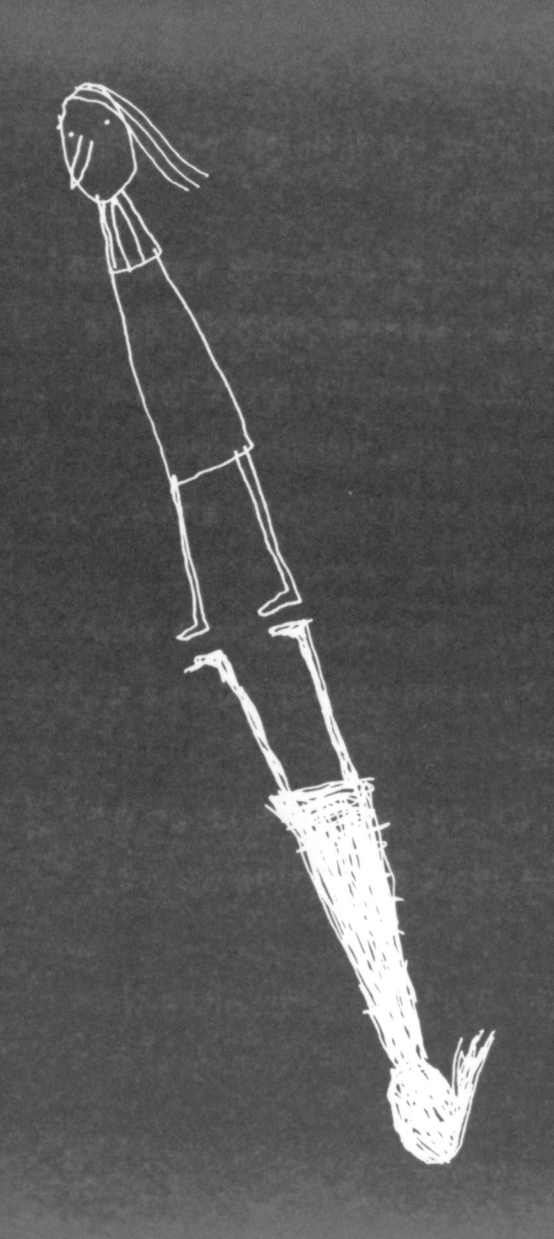

뛰어넘는 지속적인 힘이 있습니다.

분명 선배는 작은 일에도 당신을 연관지어 생각해낼 것입니다.

그런 작은 축적들이 모여 좋은 인간관계가 만들어지는 것이며, 그것들이 결국 당신의 오른팔이 되어줍니다.


'자기만의 생각이 담긴 말로 이야기하자.'

의외로 어려울 수도 있습니다. 하지만 늘 마음에 담아두고 신경을 쓴다면 조금씩 몸에 밸 것입니다. 그러다보면 상대에게 약이 되는 말을 해줄 수 있는 존재가 되기도 합니다. 그것은 당신을 다른 누구보다도 특별하게 여기고 있다는 증거입니다.

# 17 기대는 좋은 쪽으로
## 등을 돌린다

당신의 생일날 연인과의 약속이 깨져 힘이 빠져 있을 때, 한 아름의 꽃다발과 함께 사랑이 담긴 카드 한 장, 그리고 항상 수줍어하던 그의 애정 어린 사랑 표현을 받았다고 생각해 보세요.

어떤 기분이 들까요?

너무너무 행복할 것입니다.

왜냐하면 아무런 기대도 하고 있지 않다가 생긴 기쁨이기 때문입니다.

이런 심리는 일상에서도 간단하게 응용될 수 있습니다.

예를 들어 연인과 온천여행을 떠났는데 방마다 노천탕이 있는, 조금은 호화로운 곳을 예약했다고 합시다. 하지만 출발 전부터 "굉장히 호화롭고 멋진 곳이니까 기대해도 돼!"라고 말해버리면 기대고 뭐고 아무것도 없게 되죠. 오히려 역효과가 날 우려가 있습니다. 예컨대 "기대만큼 좋지도 않네, 이게 뭐야!"라는 반응이 돌아올 수도 있다는 말이지요.

이럴 때를 대비해 "방마다 노천탕이 있어. 그리 좋은 곳은 못 되지만, 괜찮지?"라고 낮춰 말해놓는 겁니다. 그러면 '방마다 노천탕이 있다'는 좋은 정보가 되고, '그리 좋은 곳은 아니다'는 앞의 것을 견제하는 정보가 되겠지요. 적당하게 조금씩 양보할 수 있는 조건이 되는 셈입니다. 그렇게 함으로써 '어떤 곳일까?' 하는 기대와 불안이 반반씩 교차하면서 상대의 상상력이 총동원되는 겁니다.

별로 좋지 않으리라 생각했던 곳이 기대 이상으로 굉장히 호화롭고 멋진 곳이라면, 기쁨과 놀라움은 한층 더 배가될 것입니다.

이것은 상대를 배려하는 마음이 없다면 나올 수 없는 생각입니다. 상대가 무엇을 원하는가? 나는 어떻게 하고 싶은가? 어떻게 하면 즐거운 분위기로 유쾌하게 만들어줄 수 있을까? 이러한 생각을 항상 하고 있었기에 가능했던 것입니다.

생활에 약간의 놀라움을 가미시키면 활력이 생깁니다.

일상에서 일어나는 사소한 것들이 좋은 인간관계를 만들어주기도 하고 꿈을 실현해 나아가는 데 없어서는 안 될 소중한 것이 되기도 합니다. 기대는 좋은 쪽으로 등을 돌린다는 말의 의미는 '이 사람과 있으면 즐겁다', '가슴 설렌다' 하는 등의 느낌을 당신에게서 받을 수 있도록 노력하라는 것입니다. 그러면 당신 주위에는 사람들이 모이게 될 것이며, 결과적으로 모든 일이 좋은 방향으로 움직일 것입니다.

**꿈을 이루는 짤막한 시**

● 예상 밖의 일, 기대 이상의 기쁨, 최고의 즐거움은 최상의 선물이다.
● 기쁨의 놀라움은 자꾸자꾸 일어나도 괜찮다.

# 18 '행동'이 아닌
## '상황'으로 판단하자

바로 당신 눈앞에 좋아하는 음식들이 가득 차려져 있다고 가정해보세요. 하지만 당신은 방금 전 식사를 했기 때문에 배가 부른 상태입니다. 더구나 심한 편두통 때문에 얼굴 표정까지 일그러져 있습니다. 음식을 먹는 둥 마는 둥 거의 손도 안 댔습니다. 자, 이런 당신이 주위 사람들에게는 어떻게 보일까요? 첫째, 싫어하는 음식들이다. 둘째, 태도가 나쁘다. 이 예는 사람의 태도나 기호가 항상 일정하다고 전제했을 때 나온 당신에 대한 평가입니다. 물론 '행동(겉모양으로 보여지는 것)'만 보고 평가한 것입니다. 이는 '상황(상태)'이라는 요소가 첨가되지 않으면, 세상은 오해투성이가 될 것이라는 사실을 보여주고 있습니다. 사람을 평가할 때 '행동'과 '상황'을 같이 보지 않으면, 잘못된 판단을 하게 되는 경우가 있습니다.

애인의 태도가 차갑다든가, 친구와의 관계가 별로 좋지 않다든가 하는 때에는 '왜?'라고 따지기 전에 조금만 여유를 가지고 상황을 잘 관찰해보세요. 혹시 많이 지쳐 있을 수도, 뭔가 걱정거리가 있을 수도 있습니다. 그렇게 상대를 배려해주는 습관은 주위 사람들과의 관계를 더욱 돈독하게 만들어줄 것입니다. 사람들의 성격이나 태도, 이것들은 여러 가지 요소들이 혼합되어 형성됩니다. 때에 따라 다르게 보이는 것은 지극히 당연한 일입니다. 자기 입장에서만 상대를 판단하지 말고, 따스한 가슴으로 상대를 감싸 안아주세요. 상대가 어떤 '상황'에 처해 있는지를 먼저 생각해주고 천천히 기다려주면, 언젠가 상대도 당신을 그렇게 대해줄 것입니다.

**꿈을 이루는 짤막한 시**

● 기분이 좋을 때에 이야기를 길면 득을 본다. 잊지 마세요!

# 19 싫은 사람과 만나야 할 경우, 당신의 약점을 극복할 기회라고 생각하자

왠지 싫은 사람, 왠지 같이 있으면 불편한 사람.

옆에 있으면 계속 그런 느낌을 받게 되는 사람! 당신 주위는 어떤가요? 가끔 "너무 닮은 사람끼리는 잘 맞지 않는다"라는 이야기를 듣곤 합니다. 이것은 자신의 부족한 부분을 자신과 닮은 타인들을 통해 조금씩 느끼고 있기 때문입니다. 그리고 누구보다도 스스로의 약점을 잘 알고 있기 때문에 그것을 감추고자 "잘 맞지 않아", "같이 있으면 불편해"라고 미리 방어막을 치는 것이죠. 상대에게 자신 있는 부분은 보여주고 서로 공유할 수 있지만 자신이 없는 부분, 특히 약한 부분은

좀처럼 보여주고 싶지 않은 게 사람 마음입니다.

이것은 인간관계를 불편하게 만드는 원인이 됩니다.

예를 들면, 얼굴이 온통 주근깨투성이인 사람이 있다고 합시다. 그 사람은 결혼 상대를 택할 때 주근깨가 없는 사람을 원할 것입니다. 이는 자신이 싫어하는 부분을 닮은 것을 무의식적으로 배척하고자 하는 심리 상태가 반영된 것입니다. 만약 주근깨를 약점으로 생각하지 않는다면, 상대가 아무리 주근깨가 많아도 전혀 신경 쓰지 않을 것입니다.

왠지 모르지만 싫다거나 같이 있으면 마음이 불편한 느낌을 받는 데는 분명 이유가 있습니다. 그 이유를 밝혀내는 것이 자신의

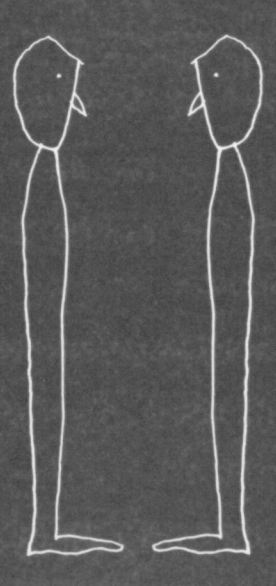

약점을 극복해 나아가는 길입니다.

상대를 부정적으로 보는 시선 안에는 당신의 부정적인 면도 함께 존재합니다.

이것을 느낄 수 있어야 일상에서 힘들게 짊어지고 있던 버거운 짐을 내려놓을 수 있습니다. 몸과 마음이 가벼워져야만 비로소 주위 사람들에게 편안한 기분으로 다가갈 수 있습니다. 물론 교우관계 또한 더 좋은 방향으로 이끌 수 있습니다.

꿈을 이루는 짧막한 시
● 약점을 극복하면 강해진다.

# 20 열심히 그리고
## 꾸준히 하는 것은 멋있다

아무런 노력도 하지 않는 사람과 일부러 바쁜 시간까지 쪼개가며 시간을 보내려는 사람은 없습니다. 기왕 시간을 보낸다면 노력을 아끼지 않고 자신만의 스타일을 갖고 있는 사람과의 즐거운 대화를 원하겠죠. 이것은 당연한 선택입니다.

항상 멋있는 사람이고 싶은 욕망은 소중한 것입니다. '하지만 가진 거라고는 맨주먹뿐……'이라고 생각하는 사람도 있습니다. 그럴 때에는 최선을 다하세요. 그렇다면 당신은 이미 멋있는 사람입니다.

'항상 열심히 노력하는 것'은 그것만으로도 충분

히 멋있습니다.

열여덟 살에 문예잡지를 창간했을 때, 너무 겁이 없는 제 행동에 주위의 많은 분들이 걱정을 했습니다. 실패는 불을 보듯 뻔한 일이라고 모두가 입을 모았지요. 어린아이가 자전거의 보조 바퀴를 떼고 혼자서 겨우 달리기 시작했을 때처럼 모든 사람들이 저를 그런 시선으로 지켜봤습니다. 얼마 후 '분명 실패하고 말 거야, 하지만 정말 혼신의 힘을 다해 열심히 하니까 혹시, 정말 혹시지만 성공할지도!' 하는 느낌을 줄 만한 기세가 생겼습니다.

'그럭저럭 평균점은 따고 있군' 하는 평판도 얻을 수 있었는데, 의외로 큰 실패가 없었던 것이 주위에 신뢰를 주었습니다.

정말 세상 무서운 줄 모르는 햇병아리에 불과했지만, 자신

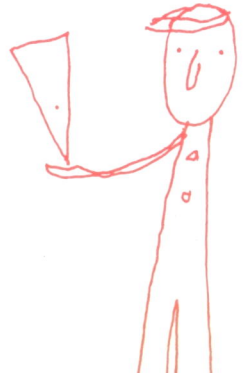

의 신념을 믿고 이상을 향해 최선을 다했습니다. 경험이 없기 때문에 짊어져야 할 위험이 저를 많이 힘들게 했지만, 절대 여기서 포기할 수 없다고 다짐했던 그때가 지금도 생생합니다. 이런 제 모습이 주위에 한 가닥 희망으로 다가갔고, 그 희망은 제게 소리 없는 응원으로 다시 돌아왔습니다.

실패는 어떤 상황에서도 존재한다는 것을 기억하세요.

즐겁게 대화를 하던 중이라도, 놀고 있을 때도, 일을 하던 중이라도⋯⋯. 실패가 무서워 서로 듣기 좋은 이야기만 한다면, 결국 그 시간에 나누었던 대화는

내일이 오기도 전에 기억 속에서 사라져버릴 것입니다. 왜냐하면 공허하고 시시

한 관계가 오래 못 가듯 대화도 마찬가지니까요.

'열심히'라는 말에 담겨 있는 깊은 의미는 무엇일까요? 예를 들어, 매일 혼자서 줄넘기를 100번씩 하고 있지만, 주위에서는 무관심합니다.

100일 정도 계속하면 알아줄까? 하지만 1000일 이상 해도 겨우 알아줄까 말까이지요.

노력이라는 것은 다른 사람에게 보여주기 위한 것이 아닌 자신을 위한 것입니다.

'노력은 다른 사람에게 보여주기 위한 것이 아니다'라고 가슴속 깊이 새기세요. 하지만 가슴 한편으로는 '열심히 노력하면 누군가 반드시 알아줄 거야'라는 희망도 버리지 마세요. '아무리 노력한들 누구도 알아주지 않을 거야!' 하는 절망적인 생각보다는 희망을 버리지 않는 쪽이 더욱 힘을 낼 수 있으니까

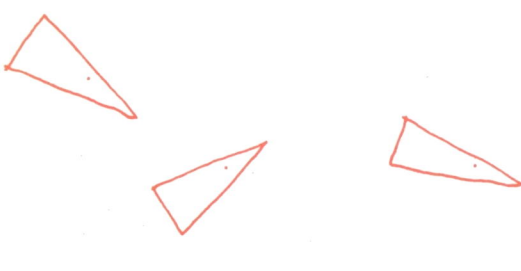

요. 결과에는 반영되지 않더라도 말이죠.

열심히 그리고 꾸준히 노력해서 목표를 하나씩 달성해가는 모습은 반드시 누군가가 지켜보게 마련입니다.

즉, 묻혀버리는 노력과 아무리 감추려고 해도 표출되는 노력, 이 두 가지는 항상 같이 존재하니까요.

외국에서 이름을 떨치고 있는 유명 야구 선수들, 이들의 겉모습은 화려하고 멋있습니다. 그러나 화려함과 멋있음은 일부에 불과할 뿐이죠. 그 뒤에는 많은 노력이 숨어 있습니다. 항상 멋진 홈런을 날리지는 못하지만, 매주 시합에 출전하기 위해 그들은 피나는 노력을 하고 있습니다.

자신의 달성목표를 결정하고 끝까지 도전하세요.

물론, 위험요소는 항상 뒤따르게 마련. 하지만 실패가 두려워 도전조차 하지 못한다면 그것이야말로 실패라는 것을 기억하세요.

**꿈을 이루는 짤막한 시**

● 자신만 안전지대에 있는 것은 비겁하다.
● 여기에서만큼은 굴복하지 않겠다는 강한 정신력이 승자를 만든다.

93

# 21 따뜻한 시선과
## 좋은 장소로 슬럼프를 극복하자

아무 이유 없이 무조건 기분이 가라앉을 때가 있습니다. 한 번 슬럼프에 빠지면 잘 헤어나지를 못하지요.

이럴 때 좋은 방법 하나, 자신을 잘 이해해주는 사람, 만나면 편안한 사람, 이런 사람과 여유로운 시간을 보내도록 하세요.

문자를 보내거나 전화를 하는 것보다 직접 만나서 이야기를 하는 것입니다. 꼭 고민을 털어놓고 조언을 구하라는 것은 아닙니다. 다만 이 시간만큼은 마음을 열고 여유롭게 맛있는 식사를 한다든가, 커피라도 마시면서 서로 얼굴을 대하고 즐거운 이야기를 나누라는 것입니다.


　'보는 것'에는 마법과도 같은 큰 힘이 담겨 있습니다. 예를 들면, 엄마가 아이를 계속 사랑스런 눈빛으로 바라봐주면, 아이는 엄마의 사랑을 느끼며 안심합니다. 무의식중이지만 엄마의 따뜻한 눈빛에서 사랑을 느끼고 아이는 행복해하는 것이지요.

　동물도 마찬가지입니다. 좋아하는 주인으로부터 애정 어린 눈빛을 받으면 안심하고 편안한 자세를 취합니다.

　누군가가 지켜주고 있다는 느낌, 그런 따스한 눈빛 속에는 사랑과 편안함이 담겨 있으며 우리는 그것을 느낄 수 있습니다.

지금 당장 그런 사람과 만나기 어려운 상태라면 마지막 남은 힘을 총동원해 당신이 가장 좋아하는 장소로 발길을 옮겨 보세요. 그곳에는 당신과 닮은 사람들(비슷한 감성을 가진 사람들)이 당신과 같은 이유(편안한 장소)로 찾아 와 있을 테니까요.

그곳에서 가볍게 커피라도 마시고 있으면, 전혀 모르는 사람이라도 당신의 지친 모습에 따스한 눈빛을 보내며 용기를 줄지도 모르니까요. 이런 작은 시선 들이 가끔은 기분 전환에 도움 이 되기도 합니다. 거짓말처럼 느낄 수 도 있겠지만 제가 직접 경험한 일입니 다. 제게 마법이 일어난 것이죠.

그러나 아무것도 할 수 없을 때도 있습니다. 이불을 뒤집어

쓴 채 그냥 그렇게 가만히 있는 것조차도 힘이 들 때가……

하지만 '보는 것'에 담긴 마법의 힘을 믿고 신뢰하는 사람과 만난다거나, 좋아하는 장소로 발길을 옮겨 많은 사람들 속에 있는 자신을 한 번 느껴보세요.

**꿈을 이루는 짤막한 시**

● 사람을 만나는 것을 귀찮아하고 있지는 않습니까?
● 따뜻한 눈빛으로 바라봐주는 사람은 분명 당신에게 '소중한 사람'!

97

# 22 실패를 두려워하면
기회는 도망간다

지금까지 만난 사람들 중에 정말 좋은 사람은?

이 질문을 받고 당신의 머릿속에 바로 떠오르는 사람은 누구입니까?

어릴 적에 늘 들었던 말이 있습니다.

"모르는 사람은 절대 따라가면 안 돼! 모르는 사람이 주는 것은 절대 받으면 안 돼!"

이 말 속에는 낯선 사람이 나쁜 사람일지도 모른다는, 뭔가를 공짜로 받으면 그 대가를 치러야 할지도 모른다는 뜻이 담겨 있습니다. 가치가 있는 무엇인가를 받으면 그에 해당하는 다른 무엇인가를 잃게 된다는 것을 부모님과 학교 선생님들은 말해주고 싶었을 겁니다.

하지만 정말 나쁜 뜻 없이, 아이들이 좋아서, 정말 재미있는 노래를 가르쳐주고, 같이 그림을 그리고, 그저 같이 놀고 싶었을 뿐일지도 모릅니다. 혹시 따라갔다면 많은 것을 배워왔을지도 모릅니다. 즉, 위험과 기회는 항상 서로 등을 맞대고 있습니다. 어떤 선택이 위험요소가 되고, 어떤 선택이 기회가 될지, 그것은 시간이 흐르기 전에는 알 수 없습니다.

당신 주위에 있는 많은 사람들은 당신에게 위험한 선택을 하도록 권하지 않습니다.

"위험하지만 제일 빠른 지름길이야", "위험하지만 이쪽이

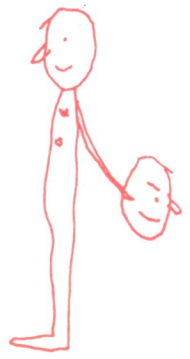

99

더 재미있을 것 같으니까 이쪽을 선택해!"라고는 절대 말하지 않는다는 것이죠. 왜냐하면 만약 당신이 실패라도 해서 그 책임이 자기에게로 돌아오면 큰일이니까요.

당신 주위에 있는 사람은 위험요소가 가장 적은 쪽만을 권한다는 것, 즉 당신이 원하는 답을 내줄 사람은 그리 많지 않다는 것을 염두에 두세요.


'위험도가 높을수록, 더 많은 이익이 돌아온다'라는 말이 있습니다. 그리고 당신에게 이익을 준 사람이, 동시에 당신에게서 무엇인가를 앗아가는 사람이 될 수도 있습니다. 또한 높은 곳을 향해 발돋움하면 할수록 다치거나 넘어질 확률은 높아집니다. 하지만 '만약 성공하면 그 이상의 대가가 반드시 돌아온다!'는 확신만 있다면 두려워하지 말고 도전하세요.

그런 큰 도전은 인생을 살아가는 동안 한두 번밖에 찾아오지 않으니까요.

결국 마지막 결정을 하는 것은 바로 당신입니다.

실패가 두려워 기회를 그냥 보내버리는 사람은 되지 마시길.

# 23 지나친 자만은 금물!

이것으로 충분하다고 만족해하면 모든 것은 거기에서 끝나버립니다.

'이'에 대한 이야기가 있습니다. 동물에 붙어 기생하는 그 '이'를 말하는 것입니다.

높이가 얼마 안 되는 작은 병에 이를 넣은 후 뚜껑을 닫아두면 어떻게 되는지 실험했습니다. 이는 보통 아주 멀리까지 점프할 수 있는 능력을 가지고 있습니다. 그런데 오랫동안 작은 병 안에 갇혀 지냈던 이는 밖으로 나와도 그 병 높이만큼의

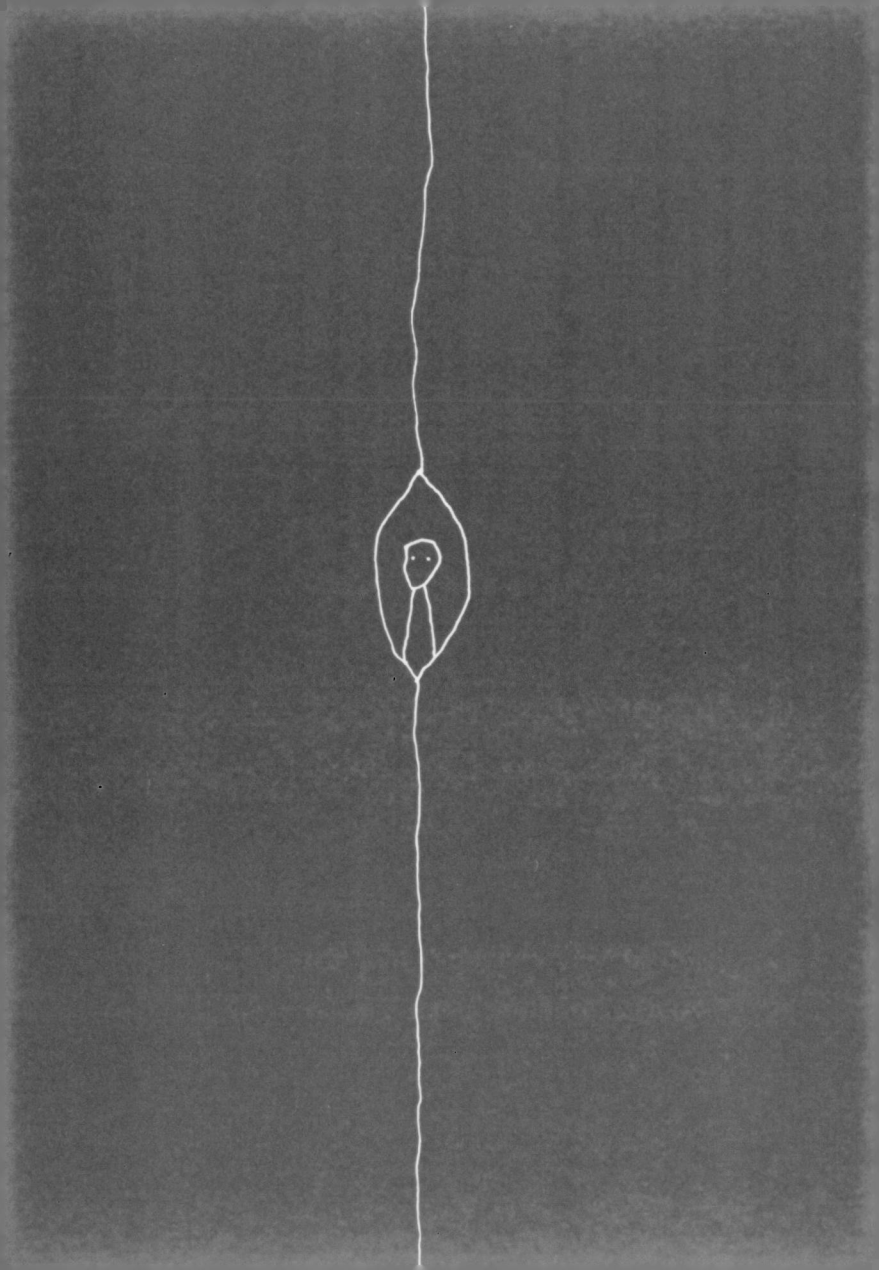

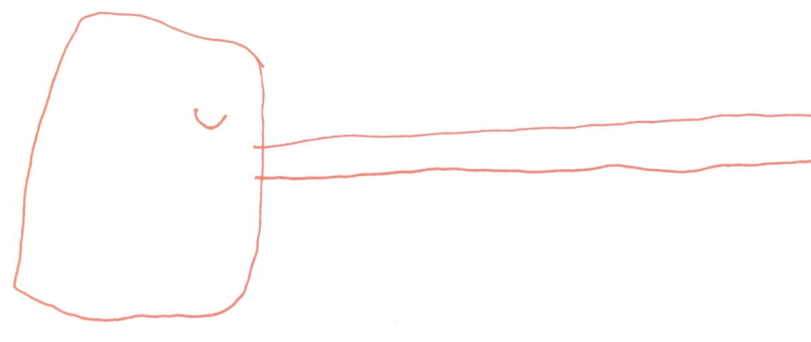

점프밖에 하지 않았다고 합니다.

자신의 가능성에 뚜껑을 덮어버리면 아주 높게 점 프할 수 있다는 사실을 잊어버리게 된다는 것이죠.

"저 사람, 너무 자만하는 거 아냐? 변했어!"

살아가다 보면 이렇게 자주 입방아에 오르내리는 사람들

을 볼 수 있습니다. 하지만 본인은 자신이 예전과 다르지 않다고, 전혀 변하지 않았다고 느낍니다. 이미 콧대가 하늘을 찌를 듯한 상태에서는 자신이 자만에 빠져 있다는 것을 알 수 없습니다. 하지만 이것은 자신의 가능성에 스스로 뚜껑을 덮어버리는 격입니다.

사람은 지금 상태에 만족하면 더이상의 노력을 하지 않습니다. 걸음을 멈추는 것이죠. 조금만 쉬었다 갈 생각이었는데, 뒤에서 걸어오던 사람에게 뒤처지고 결국 좌절이라는 결과를 맛보기도 합니다.


'주위가 보이지 않는 상태'에는 크게 두 종류가 있습니다.

첫째, 너무 열심히 앞만 보고 달리느라 주위를 둘러볼 여유가 없을 때. 목적달성을 위해 달리는 사람에게 다른 것이 눈에 들어올 리 없죠. 이것은 꿈을 이루기 위해서는 일시적이지만 반드시 필요하기도 합니다.

둘째, 지나친 자만에 빠져 있거나, 눈앞의 이익에 눈이 멀어버렸을 때.

이렇게 되면 지금까지 당신에게 힘을 주었던 사람들도 한순간에 떠나버립니다. 결국 아무에게도 도움을 받지 못한 채 성장은 멈추고 말 것이며, 꿈을 이루어가는 길 또한 더욱 험난해질 것이 분명합니다.

지나친 자만에 빠질 것 같으면, 잠시 초심으로 돌아가서 원하는 목적과 꿈이 무엇이었는지 다시 한 번 되새겨보도록 하세요.

모든 성공 속에는 당신을 믿고 힘이 되어준 사람들이 반드시 있으니까요.

이것만큼은 꼭 명심하세요.

그러면 지나친 자만에 빠지는 일은 결코 없을 것입니다. 물론 자신의 가능성에 뚜껑을 덮어버리는 일도 일어나지 않을 테고요.

# 24 자기만의 힘의
## 원천지를 찾아라

마음에 드는 특별한 장소를 당신은 가지고 있습니까? 제게는 그런 장소가 두 곳이나 있습니다. 그곳에 가면 반복되는 일상에서 벗어나, 원래의 자신으로 돌아갈 수 있습니다.

자신만의 특별한 힘의 원천지라고 할 수 있는 장소.

특별하다고 해서 신성한 장소라든가 아주 특이한 장소를 일컫는 것은 아닙니다. 당신에게 맞는 장소라면 어디든 상관없습니다.

제 경우는 차분히 앉아서 방해받지 않고 커피를 마실 수 있는 커피숍이 그런 장소입니다.

항상 무한 리필이 가능한 제일 큰 아이스커피를 주문합니다. 이 커피숍 내부는 많은 나무와 꽃들로 장식되어 있는데, 그 때문인지 그 속에 있으면 차분해지고 정신이 맑아집니다. 이곳에 있을 때에는 걱정거리를 깨끗이 날려버린 채 뭔가를 쓴다거나 제 자신을 되돌아보기도 하면서 시간을 보냅니다.

원고지를 가지고 가서 있고 싶을 때까지 있습니다. 그리고 내 속에 담겨 있던 것들을 모조리 꺼내 확인하고 생각합니다.

이미 만들어진 개념들끼리 똘똘 뭉쳐 있는 상태에서는 새로운 발상이 나올 수 없습니다. 자신의 기분을 밖으로 표출해야 합니다.

다른 한 곳은 초고층 빌딩 꼭대기에 있는 커피숍. 이곳은 제 자신이 얼마나 작은 존재인지를 깨닫기 위해 가는 곳입니다. 역시 여기도 넘칠 만큼의 아이스커피가 나오는 게 매력이죠. 이곳에 앉아서 밖의 풍경을 내다보곤 합니다.

이곳에서 내려다보면 빽빽하게 들어서 있는 크고 작은 빌딩들이 한눈에 들어옵니다. 저는 빌딩숲 속에서 작은 건물 하나에 시선을 고정하고, 그것이 거대하다고 느낍니다. 하지만 이내 '이 세상은 너무도 넓고 큰데, 저 작은 건물 하나의 주인이라고 해서 뭐가 달라진단 말인가?' 하고 생각을 바꿉니다. 좋은 의미에서, 어깨에 잔뜩 넣었던 힘을 빼고 평정심을 되찾는 것이죠. 제가 이 세상에서 얼마나 작은 존재인가를 확인할 수 있는 장소입니다.

평범한 일상에서 보여지는 자신의 크기를 정확히 잴 수는 없습니다. 그렇기 때문에 자신의 정확한 크기를 확인할 수 있는 장소가 필요합니다. 그리고 그런 특별한 장소로 발걸음을 옮기면 반복되는 일상 속에서 벗어나 뒤엉켜버린 자아를 본연의 장소로 돌려보낼 수 있습니다. 혹은 새로운 국면에서 사물을 보거나 지금까지 느끼지 못했던 것들을 끄집어낼 수 있습니다.

당신만의 힘의 원천지에서 시간을 보내는 것은 무척 중요한 '의식'을 치르는 것과도 같습니다.

꿈을 이루는 짤막한 시
● 마음이 원하는 곳에서 마음이 원하는 것을 하자.
● 추운 날에는 햇볕을 느낄 수 있는 곳으로.

# 25 처음 시작할 때의 목적을
절대 잊지 마라

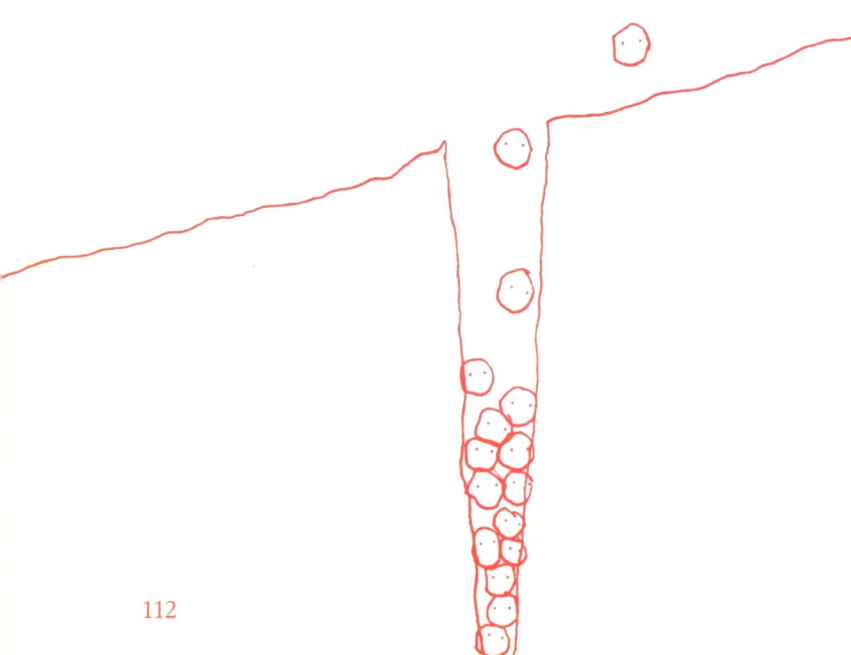

처음 시작할 때에는 분명 정확한 목적이 있었는데, 세월과 함께 자신도 모르는 사이 다른 방향으로 가고 있거나 아예 목적조차 기억 못 하게 된 경험은 없었나요? 지나치게 겉치레에만 신경 쓴다거나, 주위를

너무 경계한다거나, 쓸데없는 고집만 피운다거나…….

이런 상황에서 목표가 정확히 보일 리 없습니다. 단지 지금까지 노력해온 것 모두가 물거품이 될 뿐입니다.

연인과 즐거운 시간을 보내기 위해 여행을 계획하고, 많은 준비까지 하고 떠났습니다. 그러나 여행 중에 생긴 사소한 의견 차이로 다투고, 서로 화가 난 상태로 한 마디도 주고받지 않은 채 아침을 맞이했다고 합시다.

이런 결과는 시간이 지나도 억울한 기억으로 남게 되고, 서로에게 나쁜 느낌만 줍니다. 왜 여행을 갔는지 그 이유를 무색

하게 만드는 결과일 뿐이지요.

　자신의 세계가 완벽하길 바라는 것은 자유지만 상대에게
마저 그것을 강요하면, 결국엔 파탄이라는 결과를 낳기도 합
니다. 만약 그런 결과에 부딪힐 것 같으면 한 번만 초심으로 돌
아가 보세요. 이때, 자신뿐만 아니라 상대방과의 소중했던 추

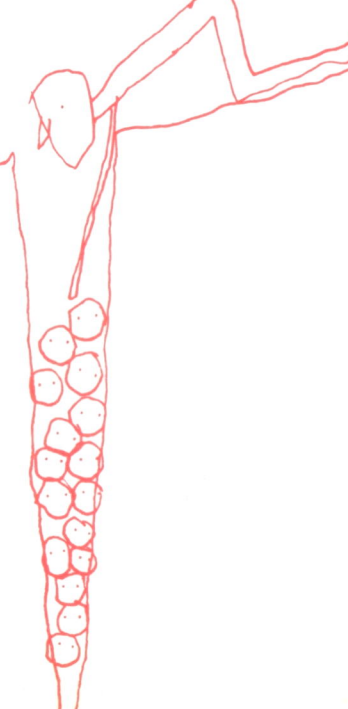

억도 천천히 더듬어볼 수 있는 넓은 마음만 있다면, 새롭게 시작할 수 있습니다. 폭발하기 일보 직전이 되기 전에, 절대 용서할 수 없게 되기 전에, 회복불능이 되기 전에 '처음 목적이 무엇이었지?'라고

되물으면서 초심으로 돌아가 보는 겁니다.

그리고 '무엇 무엇을 완벽하게 하자'가 아닌 '무엇 무엇을 열심히 하자'로, 그렇게 조금만 어깨 힘을 빼는 것도 좋지 않을까요?

그렇게 하는 것만으로도 지나친 겉치레, 경계심, 무의미한 자존심으로부터 해방되어 원래의 목적이 자연스럽게, 더욱 뚜렷하게 보일 것입니다.

**꿈을 이루는 짧막한 시**
● 모험은 '힘난하지만 무릅쓰고' 하는 것이다.
● 쓸데없는 고집은 당신을 힘들게 할 뿐이다.

# 26 실패를 너무 두려워하면
## 꿈은 더 멀리 달아난다

'실패만큼은 날 피해 갔으면…….'

우리는 흔히 이런 생각들을 가지고 있습니다.

물론, 같은 실패를 반복하면 안 되겠지만 정말 꿈을 이루고 싶은 마음이 있다면 실패를 두려워하지 마세요. 실패를 두려워하면 성공도 없습니다.

도전을 하기 때문에 실패도 하고 성공도 하는 것입니다. 도전이란 자신의 틀을 하나씩 부수어가는 것입니다. 틀이란 '이 안에 있으면 안전하다'라고 느끼는, 보호받을 수 있는 곳을 말

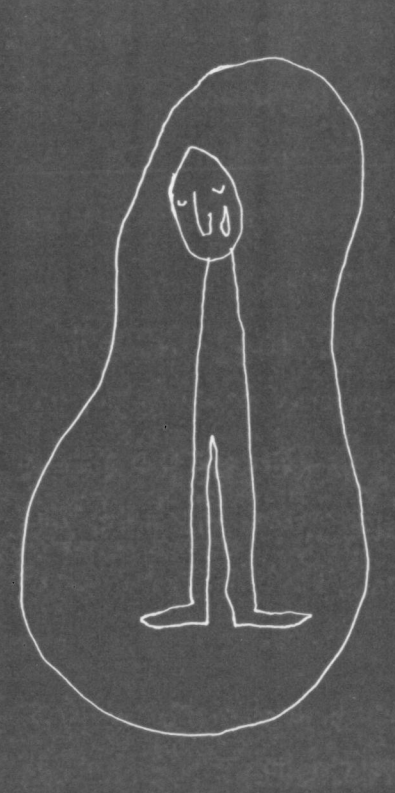

합니다. 물론 그 안에서 계속 편안한 생활을 할 수도 있습니다. 그러나 결과적으로 지루하고 공허한 삶이 되고 말 것입니다. 물론 성공도 없습니다. 하물며 꿈이 이루어질 리 없죠.

실패란 '잃을 실(失)'과 '패할 패(敗)'의 문자를 쓰는데, 이것은 마법에 걸린 말이기도 합니다. '실'과 '패'라는 불길한 문자로 봉인된 말. '실패는 성공의 어머니'라는 말이 있습니다만, 제 생각은 조금 다릅니다.

실패란 '성공' 바로 그 자체입니다.

실패가 모여 빛나는 결정체가 된 것이 성공입니다. '실'과 '패'라는 포장지로 봉인해 쉽게 열 수 없도록 한 것일 뿐입니다. 모두들 실패는 무서운 것이고 피해 갈 수만 있다면 피하고 싶다고 생각하지만, 한번 용기를 내서 포장지를 찢어버리고 그 안에 있는 결정체의 맛을 음미해보도록 하세요. 정말 잊을 수 없는 순간이 될 겁니다. 그 안에는 고귀한 생명력과 달콤한 꿀이 가득 들어 있습니다.

그 비밀을 스스로 풀어가는 사람만이 달콤한
꿀맛을 느낄 수 있습니다.

# 27 길은 구부러져 있을수록
좋다

꿈으로 가는 길은 그리 평탄하지 않습니다. 구불구불 굽이져 있거나 나무의 그루터기 혹은 큰 바위가 버티고 있을지도 모르며, 깊은 웅덩이가 있을 수도 있습니다. 하지만 미리부터 두려워하지 마세요.

세 걸음 앞으로 나가면 두 걸음 물러서는, 이런 여유만 가질 수 있다면 말이죠.

살아가면서 어떻게 아무런 장애물도 없이 좋은 길로만 갈 수 있겠습니까. 그건 애초부터 불가능합니다.

산행을 할 때도 길이 울퉁불퉁하거나, 오르막과 내리막이 반복되기도 합니다. 그래도 조금씩 나아가다 보면 높은 곳에 도달할 수 있습니다. 쭉 뻗은 오르막길만 있는 길은 숨이 차서 걷기도 힘듭니다. 만약 비라도 와서 불어난 물이 왕창 덮치기라도 한다면, 좁은 그 길에서는 피할 수도 없습니다. 그냥 단번에 쓸려 넘어져 뒹굴게 되겠지요.

그러나 나무, 바위, 아니면 평평한 곳이 중간에 있다면 굴러 떨어지더라도 일단 그곳에서 멈출 수 있습니다.


꿈을 이루고 싶어 하는 사람들 대부분은 '지금 당장 효능이 있는 방법', '조금이라도 빨리 정복할 수 있는 방법'을 알고 싶어 합니다.

하지만 그렇게 쉬운 지름길만을 선택한다면 당신에게는 물론 당신의 꿈에도 좋지 않습니다. 정상에 도달하는 것만 머릿속에 있을 뿐 올라가는 길에 펼쳐진 아름다운 풍경과 새들이 지저귀는 소리에 아무런 감동도 받지 못한다면, 무엇 때문에 이뤄야 하는 꿈인지조차 모르게 될 테니까요.

꿈을 이루기까지의 과정도 무척 중요합니다.

꿈을 향해 전진하다가 몹시 지치거나 또는 주위를 한번 둘러볼 여유조차 없어진다면 일단 걸음을 멈추고 크게 심호흡을 하세요. 이렇게 아름다운 경치를 그냥 지나칠 수는 없으니까요. 그러니 천천히 온몸으로 느껴보세요.

그러는 사이, 반드시 새로운 힘이 솟아 신선한 기분으로 당신의 꿈을 직시할 수 있을 것입니다.

● 한때 길을 헤매는 것도 즐거움이 될 수 있다.

# ♥ 꿈을 이루기 위한 체크리스트 ♥

01~20까지의 체크리스트에 도전해보세요. 오른쪽에는 본문 소제목 번호가 적혀 있습니다.
기분에 변화가 생기거나 이해가 안 될 때, 다시 한 번 본문으로 돌아가 읽어보세요.

# ♥ 반드시 해야만 하는 것 리스트 ♥

당신이 지금, 반드시 해야만 하는 것이 있다면 무엇입니까? 적어보세요.

01 _____

02 _____

03 _____

04 _____

05 _____

06 _____

07 _____

08 _____

09 _____

10 _____

## ♥ 꼭 하고 싶은 것 리스트 ♥

당신이 정말 꼭 하고 싶은 것이 있다면 무엇입니까? 적어보세요.

01

02

03

04

05

06

07

08

09

10

## 꿈을 100만 번 이루는 방법

지은이 · 마츠자키 요시유키 | 옮긴이 · 황정순 | 펴낸이 · 박은서 | 펴낸곳 · **새론북스**
편집 · 송이령, 김선숙, 석호주, 송훈의
마케팅 · 최근봉, 추미경 | 관리 · 박상기, 박종금, 조향미
주소 · (412-820) 경기도 고양시 덕양구 토당동 836-8 칠성빌딩 301호
TEL · (031) 978-8767 | FAX · (031) 978-8769

http://www.jubyunin.co.kr | myjubyunin@naver.com

· 초판 1쇄 인쇄일 | 2007년 12월 5일   · 초판 1쇄 발행일 | 2007년 12월 10일

ⓒ 새론북스
ISBN 978-89-91605-74-9(03830)

*책값은 표지에 있습니다. 잘못 만들어진 책은 바꾸어 드립니다.